속삭이는 몽자

속삭이는 몽자

몽자네 가족 지음

앤들링북스

프롤로그

2016년 4월. 서울의 한 집에서 삼남매 중 막내로 태어난 몽자는 아마도 스스로 운명을 바꾼 것이 아닐까? 어쩌면 우리의 운명까지도.

우리 집에 처음 데려오던 그 날, 동네가 떠나가라 소리지르던 3개월 난 강아지. 아쉬움 가득 떠나보내는 사람도, 새로운 가족을 맞이할 작은 강아지도 울고불고 난리가 난 밤이었다.

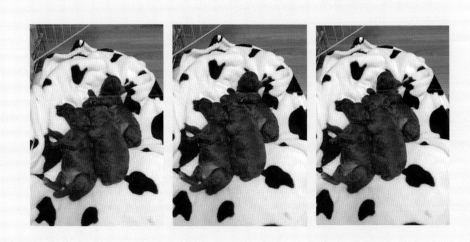

사실 몽자는 우리 집에 오기 전 다른 지인에게 입양된 적이 있다. 하지만 입양 가는 내내 소리를 지르는 바람에 새로운 집에 도착하기도 전에 파양 당한, 아픈 사연이 있는 아이였다. 몽자를 감당할 수 있겠냐는 말에 문제없다며 데려왔지만, 혹시나 했더니 역시나! 우리 집에 와서도 계속 소리를 질러대는 바람에 걱정이 앞섰다. 하지만 나를 또렷이 쳐다보는 작고 소중한 눈망울을 보니 왠지 모를 확신이 들었다.

"아무래도 애 날 좋아하는 것 같아!"

그렇게 몽자는 우리 가족이 되었고, 부모님 댁에서 키우던 몽실이와 함께 지내게 되었다.

한 달여쯤 지났을까?
예상치 못한 일이 발생했다!

몽자는 우리 예상보다 훨씬 더 에너지 넘치고, 활기찬 아이였다. 집안의 모든 물건의 냄새를 맡고, 만지고, 물어뜯어야 직성이 풀리는 그런 아이. 늘 폭풍우를 몰고 다니는 몽자를 부모님께선 더는 감당할 수 없다며 두 손 두 발을 다 들고 항복 선언을 하셨다. 그 뜻은 곧 몽자를 도로 데려가라는 것이었다.

"여긴 어디야? 무서워. 다 맘에 안 들어!"

이렇게 떠나보낼 수는 없다.
몽자는 이미 우리 가족이니까.

선택을 해야만 했다. 몽자를 다른 곳으로 보내야 할지, 아니면 내가 끝까지 안고 책임져야 할지. 수없이 고민했지만, 사실 답은 정해져 있었다. 몽자를 다른 곳에 보낼 순 없었다.

마침 우리는 부모님 집을 벗어나 새로운 곳에서 보금자리를 마련해 살고 있었다. 그래. 그 보금자리를 이제 몽자의 집으로 하자! 참 많이 돌고 돌아 그렇게 몽자는 우리 가족이 되었다.

결론적으로 몽자는 우리 집으로 쫓겨나는 신세가 되었지만, 우리 셋이 즐겁고 행복하니 이보다 더 완벽한 결말은 없다. 어쩌면 이 모든 것은 우리 곁으로 오기 위한 몽자의 큰 그림은 아니었을까? 운명을 스스로 개척한 강아지. 몽자의 이야기는 이제 시작이다.

몽자를 소개합니다

이 아이의 이름은 몽자, 푸들이죠.

외모에 무신경한 이 강아지는,
자유로운 라이프스타일을 추구합니다.

하고 싶은 것은 다 해야 하며,
남의 시선은 상관없습니다.

낯선 사람은 경계하지만,

낯선 강아지는 즐깁니다.

의심 많고 화도 많지만

온전히 자기만의 삶을 즐길 줄 아는 강아지,
몽자를 한 번 만나볼까요?

목차

PART 1

몽자야,
너는 누구니?

툭하면 소리 지르는 애

......

♬♪

몽자는 다채로운 소리를 낸다.

그중에 가장 당황스러운 건 비명을 지르는 것.

다른 강아지들처럼 '왈왈!'이 아닌 '꺄악!'

집 앞에 잠깐 나가면 꺅!

화장실만 가도 꺅!

자기 안 봐준다고 또 꺅!

오밤중에 외롭다고 낑낑, 꺅!

화장실에 일을 보다가도 끊임없이 내가 여기에 있음을 알려야 하고,

함께 있어도 계속 쓰다듬어주고 몸이 닿아있어야 한다.

내 무릎 위가 아니면 그 어디도 싫다는 너.

조금만 떨어져도, 조금만 멀어져도

언제나 낑낑, 꺅꺅!

정말 너란 아이, 잘 모르겠다.

도대체 왜 그러는 거니?

너도
이유가 있겠지

. . . . . .

🌿

몽자를 이해해보기로 했다.

왜 밥을 뱉어 버리는지,

왜 내 머리카락을 쥐어뜯는 것인지,

왜 나만 처다보고 있는 건지,

왜 그 숲에서 한참을 나오지 않는 것인지.

겨우 내게로 온 너를 안아 들자

앗, 이게 뭐야? 냄새!

온 얼굴이 그야말로 똥 범벅.

땅에 얼굴을 비벼대면서 일부러 똥을 묻힌 모양이다.

정말 황당하고 창피하다.

도대체 이해할 수 없는 일투성이지만,

그래도 노력해본다.

너 지금 배가 고프지 않구나? 이따가 다시 줘볼까?

너 나랑 놀고 싶구나? 그래, 같이 뜯어보자!

너 지금 원하는 거 있구나? 또 놀자고?

너 그 똥 냄새가 마음에 쏙 들었구나? 다른 똥도 찾아볼까?

깽! 깽! 깽!

오늘도 너는 나를 향해 열심히도 말을 하고 있구나.

우리만의
규칙

서로를 치밀하게 관찰한 우리.

쟤 왜 저래? 너 그 행동 뭐야? 또 왜 저래?

사사건건 서로에게 질문을 던진다.

하지만 시간이 지날수록 우리는 서로에게 익숙해져 갔고,

상대를 향한 굳건한 믿음이 생겼다.

화장실에 들어간 나는 조금만 기다리면 곧 나온다는 것.

너를 두고 짧은 외출을 해도 언젠가는 꼭 다시 돌아온다는 것.

네가 날 쳐다보는 건 내게 할 말이 있어서 그렇다는 것.

너의 모든 행동에는 언제나 뜻이 있다는 것.

그리고

저녁엔 꼭 밖에 나가서 함께 걸을 거라는 것.

몽자가 내는 작은 소리에도 꼭 이유가 있다.

말이 통하지 않지만 밥시간, 산책 시간에 맞춰

나를 빤히 쳐다보는 너의 눈빛에서 무언가를 느낄 수 있게 되었다.

서로에게 깊이 스며든 우리는 그렇게 상대를 알아가고 있었다.

그런 우리만의 작은 세상.

사소하지만, 소중한 우리만의 믿음.

소박하지만, 중요한 우리만의 규칙.

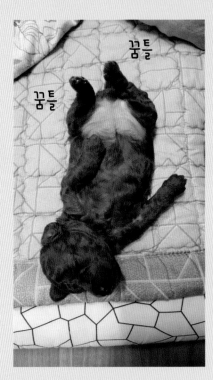

꿈틀

꿈틀

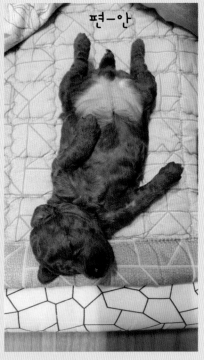

편—안

너 뭐하니?

대답없네······.

퉤!

나는 누구? 여긴 어디?

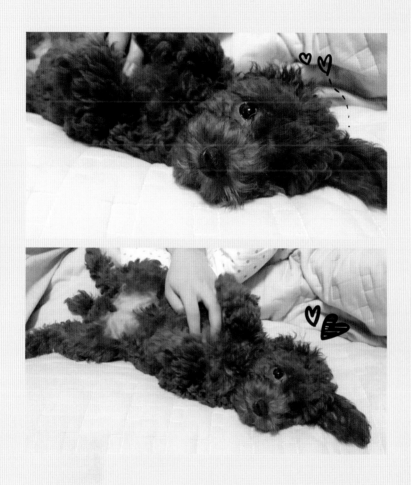

공 내놔!

내 공!

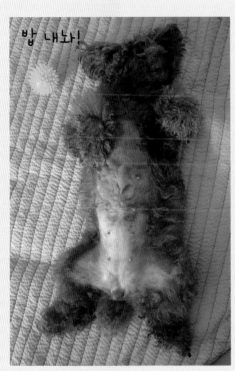

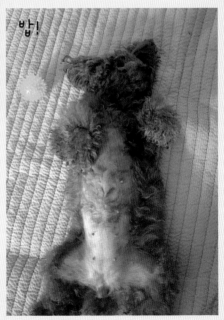

·
·
·
·
·

강아지는
혼자 뭐 하고 놀까?

혼자 가만히 있다가도 갑자기 아무거나 물고, 뜯고 난리를 피우는 몽
자. 말려도 보고, 물어뜯는 물건을 숨겨도 봤지만 모두 소용없는 일이
다. 레이더망에 걸린 물건은 무조건 한입 물어봐야 직성이 풀리는 너!
그래. 네가 좋다면 된 거지, 뭐. 실컷 물어라, 물어!

씰룩거리는 엉덩이 발견!

찾았다 내 보물!

나도 가지고 놀자!

WHAT?!

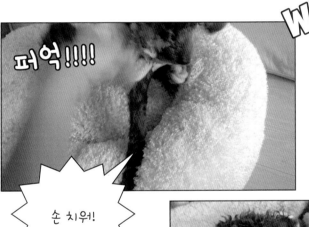

퍼억!!!!

손 치워!

흥!!

이건 내 거야!

몽자의 일기 1

1 월 14 일 화요일	
제목 : 다 뜯어!	

오	늘		눈	앞	에		있	는	
것	들	을		전	부		맛	봤	다
!		그	리	고		다		뜯	어
버	렸	는	데		정	말		재	미
있	었	다	.		모	든		걸	
다		뜯	는	다	면		좋	을	텐
데		저		인	간	은		왜	
안		뜯	는	건	지	……	?		
내	일		몰	래			뜯	어	야	지
!									

강아지의 요구사항이
끝이 없어요!

몽자는 엄마, 아빠의 손길을 세상 그 무엇보다도 좋아한다. 그래서일까? 한 번 만져주기 시작하면 계속 만져달라고 고집을 부리곤 한다. 이제 그만 만질래. 손을 아래로 내리면 짧은 다리로 툭, 툭. 이 정도면 됐어, 이제 정말 그만. 굳은 결심을 하고 손을 치우면 다시 툭, 툭! 쉬지 마. 계속 만지라고. 날 보듬으란 말이야! 몽자의 요구는 끝이 없다.

몽자의 일기 2

1 월 16 일 목요일	
제목 : 날 보듬어	

난		쓰	다	듬	어	주	면		기
분	이		째	진	다	.			
그	래	서		계	속		쓰	다	듬
어		달	라	고		말	을		했
는	데		얘	네	는		내		말
을		잘		알	아	듣	지		못
한	다	.							
앞	으	로		내	가		더		크
게		말	해	야	겠	다	.		

· · · · · ·

딸기 투정

어느 날 몽자 앞에 나타난 커다란 딸기! 먹음직스러운 딸기를 앞에 두고도 몽자는 그저 발만 동동거릴 뿐이다. 코로 쿵쿵, 앞발로 괜히 톡톡. 만지지도, 먹지도 못하고 주변을 맴맴. 뭐야? 딸기 좋아하잖아, 몽자야? 맛있는 딸기를 줘도 왜 먹지 못하니?

몽자의 일기 3

1 월 22 일 수요일	
제목 : 아빠 코가 내 앞에?	

오	늘		이	상	한		게		내
	앞	에		나	타	났	다	.	
아	빠		코	처	럼		생	겼	다.
이	걸		먹	으	라	고	?		
만	지	기		무	서	웠	고		볼
수	록		마	음	에		안		들
었	다	.		근	데		냄	새	는
좋	았	지	.		다	음	엔		부
쉬	볼	까	?						

네가 좋으면,
나도 좋아.

치워라

징그

몽자's TIP!

당신이 꼭 알아야 하는 강아지 키울 때 기본적인 비용

· ·

그냥 인형처럼 예뻐서, 지금 당장 내가 외로워서 강아지를 입양하는 것은 NO, NO, NO! 한 생명을 키운다는 것에는 무거운 책임감이 따른답니다. 더불어 길고 긴 영수증도 함께 말이죠. 반려인이라면 꼭 알아야 하는 강아지를 키울 때 들어가는 필수 비용을 간략하게 소개해 볼게요!

사료
사람이 매일 밥을 먹듯이 강아지들은 사료를 먹으며 필수 영양분을 섭취해요! 강아지의 크기나 입맛에 따라 다르겠지만 몽자를 기준으로 했을 때 사료는 1kg에 1만8천 원정도. 보통 한 번 샀을 때 약 2주 동안 먹기 때문에 한 달에 3만6천 원 정도가 사료값으로 나간다고 보면 됩니다.

간식
여러분은 1년 365일 밥만 먹고 살 수 있나요? 아마 어려울 거예요. 어떤 날에는 라면도 한 번 먹어줘야 하고, 또 기분 좋게 친구

들과 떡볶이를 먹는 날도 있죠. 강아지들도 사료와 더불어 가끔은 간식이 필요하답니다. 훈련할 때 동기부여가 될 수도 있고, 우울한 강아지의 기분을 한결 나아지게 해주는 역할도 하지요. 몸에 좋고 맛도 좋은 간식을 구비하기 위해 몽자네는 한 달에 약 2만 원 정도 쓰는 편이에요. 주로 수제 간식을 구매하죠. 각자의 상황에 따라 다르겠지만, 아이들의 간식비 1만 원 정도는 살포시 준비해두는 것이 좋아요.

영양제
강아지들도 영양제를 먹는다는 사실, 알고 있나요? 조금 더 건강하게 우리와 오래오래 지내기 위해서는 영양제가 필수랍니다. 몽자가 꾸준히 먹고 있는 영양제는 바로 눈, 관절 영양제! 어렸을 때 두 번이나 결막염에 걸리기도 했고, 푸들은 관절이 약한 견종이라 이 두 부분을 특히 신경 쓰고 있어요. 가격은 각 3만9천 원과 3만4천 원인데, 한 번 사서 두 달 정도 먹이기 때문에 한 달에 평

균 3만6천 원 정도가 든다고 보면 됩니다.

심장사상충 예방약

심장사상충은 강아지들에게 가장 위험한 질병! 이를 예방하기 위해 한 달에 한 번씩 심장사상충 예방약을 꼭 사용해요. 저는 애드보킷 소형견용을 이용하는데, 목 뒤에 바르기만 하면 돼서 간편하고 좋아요. 가격은 1만 5천 원 정도입니다. 그 외에도 하트가드나 넥스가드 등 먹이는 약도 있으니 필요에 따라 선택하시면 됩니다.

병원비

아무 일 없이 건강해서 병원에 가지 않아도 되면 정말 좋겠지만, 살다 보면 병원에 갈 일이 꼭 한 번씩 발생합니다. 강아지가 나이 들수록 그 횟수는 점점 늘어만 가죠. 한 번 가면 기본 3만 원에서 크게는 10만 원 이상의 병원비가 나올 때도 있습니다. 또한, 굳이 아프지 않아도 1년에 한 번 종합예방접종 주사 비용이 추가되어요. 병원마다 다르겠지만 접종은 1년에 약 15만 원 정도입니다.

그 외 비용

앞서 말한 사료, 간식, 영양제, 병원비 외에도 부수적인 필수 비용이 발생합니다. 강아지 치아 건강을 위해 꼭 구매해야 하는 치

약과 칫솔은 물론이거니와 귀 세정제, 샴푸, 배변 패드, 산책용품 그리고 장난감 등이 그 주인공이죠. 이러한 물건들을 매번 살 필요는 없지만 떨어지지 않도록 매번 준비하는 것이 좋습니다. 이러한 용품들을 사는 데 보통 한 달에 약 1만5천 원 정도 들어요.

몽자네 한 달 기준 영수증

사료	3만6천 원
간식	2만 원
영양제	3만6천 원
심장사상충 예방약	1만5천 원
종합예방접종	1만2천5백 원
그 외	1만5천 원
합계	13만4천5백 원

☞ 영수증에 나온 종합예방접종의 값은 1년 15만 원을 12로 나눈 평균값입니다.

☞ 아파서 병원에 데려갈 경우 기본 3만원에서 10만 원 이상까지 비용이 추가될 수 있습니다.

☞ 노견이 되었을 때 영양제를 구매하는 비용과 병원비가 몇 배 이상 들 수 있습니다.

PART 2

알 수 없는
너란 아이

대환장
파티

와다다다다!

몽자가 갑자기 온 집안을 휘젓기 시작한다.

좁은 집안을 뱅글뱅글 도는 것만으로도 성에 차지 않은 모양인지

뛰는 데 거슬리는 인간의 머리카락이나 귀를 마구 쥐어뜯는다.

여기로 슝, 저기로 슝!

쉴 새 없이 뛰어다니는 몽자 때문에 정신이 하나도 없다.
모두가 당황해 말도 못하고 있던 그 시간에
몽자 혼자만 상당히 즐거워 보인다.

밤에도 예외는 없다.

누가 자든지 말든지 온 이불을 박박 긁어대며 몸부림을 친다.

그 조그마한 발로 이불을 파다 보면 언젠가 구멍이 뻥, 하고 날 줄 아나

보다.

언제 시작할지, 언제 끝날지 모르는 의문의 대환장 파티!

정말이지 우리 몽자는 연구대상이다.

무리 생활

🏠

강아지는 가족을 한 무리라고 생각한다는 말을 들었다.
그래서일까? 몽자는 정말 뭐든지 우리의 모든 것을 공유하려 든다.

방금 온 사람 누구야?
너 뭐 먹어?
그거 어디서 났니?

까만 코로 끊임없이 질문을 던진다.

사소한 행동까지도 집요하게 추궁하는 몽자.

얘, 내 허락 없이 뭐 하니?

066

아무래도 자기가 대장이라고 생각하는 것 같다.

그렇다.

우리는 몽자 무리의 일원이다.

욕먹는
기분

대장 노릇을 즐기기 시작한 몽자는 항상 감시자 모드다.

누군가 조금만 움직여도 찌릿!

TV 보면서 깔깔 웃어도 찌릿!

지.켜.보.고.있.다!

딱히 잘못한 것도 없는데, 몽자의 눈총을 받으면 왠지 찔린다.

그냥 지나갔을 뿐인데 또 째려본다.

자기 물건을 가져간다고 착각을 한 모양이다.

(너무 자주 착각한다는 게 문제!)

몽자가 숨겨둔 간식에 손이라도 대는 날이면

득달같이 달려와서 욕을 하는 것처럼 탐탁지 않은 표정을 짓곤 한다.

내가 준 간식인데 왜 날 경계하는 거지?

난데없이 심각해지며 욕하는 것 같은 몽자의 얼굴이 오늘도 날 웃게 한다.

몽자는 오늘도 날 웃게 한다.

어디든 갈 수 있을 것 같아.
너와 함께라면!

너나 먹어!

······

방귀 소리 듣고
깜놀한 강아지

뿌웅.

아빠 엉덩이에서 난 소리에 몽자는 오늘도 화들짝! 이상하게도 몽자는 방귀 소리에 유독 예민하게 반응한다. 뿡 소리에 깜짝! 뿌붕 소리에 또 깜짝! 부르르르륵, 연속으로 나는 소리에는 호다닥 집으로 뛰어 들어간다. 몽자야, 소리가 무서운 거니? 아니면 냄새가 싫은 거니? 근데 너도 방귀 맨날 뀌잖아?

몽자의 일기 4

2 월 4일 화요일	
제목 : 드러운 날	

오	늘		저		인	간		궁	둥
이	에	서		들	기		실	은
소	리	가		났	다	.		뿡	빵,
	뿡	빵	!		아	무	래	도
뚱		싼		것		같	은	데	?
왜		잠	자	다	가		뚱	을
싸	는		걸	까	?			
내		생	에		최	고	로		드
러	운		날	이	다	.		

· · · · · ·

알면서
못들은 척하는
강아지

몽자는 능청스럽다. 들었으면서도 모르는 척 하고, 오라고 하면 자는 척 하고, 장난감 좋아하면서 관심 없는 척 하고, 가자고 해도 못들은 척 하는 능구렁이! 다 알아들으면서 기분 내키지 않으면 그냥 무시하고 보는 귀여운 깍쟁이. 그래, 순순히 말 잘 들으면 몽자가 아니지!

몽자의 일기 5

2 월 10 일 월요일	
제목 : 다 귀찮아	

저		인	간	들	은		날		너
무		귀	찮	게		한	다	.	
자	꾸		이	름	을		불	러	!
	먹	을		것	도		없	으	면
서	?		그	리	고		밖	에	서
	자	꾸		날		끌	어		당
겼	다	.		재	미	없	는		곳
에		왜		가	?		모	르	겠
다	.		진	짜		내		맘	대
로		살	고		싶	다	!		

심한 말
자주 하는 강아지

몽자에게는 특별한 버릇이 하나 있다. 뭔가 마음에 안 들면 마치 말을 하듯이 입을 씰룩거리는 것! 때로는 눈을 부릅뜬 채로 입술을 파르르 떨기도 하고, 혀를 낼름거리기도 해서 심한 말(!)을 하는 것 같기도 하다. 아니겠지? 내 기분 탓이겠지? 응? 몽자야. (몽자 : 노코멘트)

몽자의 일기 6

2 월 16 일 일요일

제목 : 욕 하고 싶은 날

오	늘		내		보	물		공	이
	사	라	졌	다	.			너	무
화	가		나	서		나	도		모
르	게		입	을		씰	룩	거	렸
다	.		그	랬	더	니		엄	마
가		공	을		다	시		던	져
줬	다	.		나	보	고		욕	
하	지		말	라	고		한	다	.
	강	아	지	가		욕	을		한
다	고	?		어	떻	게		알	았
지	?	ㅋ							

참 잘했어요 ★

쟤는 참 이상해

너는 참 이상해

게임을 시작하지

몽자's TIP!

강아지 '안녕하세요!' 훈련하기

STEP 1.
강아지가 제일 좋아하는 간식을 준비해요.

STEP 2.
강아지의 시선이 간식에 고정되면 간식을
들고 있는 손이 바닥에 닿도록 내려주세요.

STEP 3.
간식을 따라 강아지도 고개를 숙이면 "안녕
하세요!"라는 말을 외친 후 간식을 주세요.

STEP 4.
강아지가 고개를 숙이지 않는다면 다시 손
을 들어 간식을 확인시켜주세요.

STEP 5.
강아지 시선이 간식으로 향하면 손을 아래로 내려요. 강아지도 같이 고개를 숙이면 "안녕하세요!"라는 말을 외치고 간식을 줘요.

STEP 6. 위의 과정을 계속 반복하여 "안녕하세요!"라는 말을 해요. 강아지가 저절로 고개를 숙이면 훈련 끝!

안녕하세요!

훈련 참 쉽다개~!

PART 3

인생은
몽자처럼

내가 갈 길은
내가 정해

이리저리 꼬여가는 목줄을 따라서 몽자를 아등바등 따라간다.

산책할 때면 항상 있는 일.

정해져 있는 산책로로 걸어가길 바라는 건 아주 큰 욕심이다.

더 멀리 가고 싶어! 더 많이 알고 싶어!

호기심 많은 몽자는 가보고 싶은 곳은 다 가봐야 한다.

자기가 원하는 방향으로 가기 위해 있는 힘껏 온몸으로 당기고,

안 되면 소리도 지르며 나아가려는 몽자와

혹여나 위험하진 않을까 걱정부터 앞서는 나.

우리의 산책은 밀당의 연속이다.

놓치면 다시는 못 맡을지도 모르는 그 냄새를 향해

지금 이 순간, 누구보다 열심히 앞으로 나아가는 몽자.

그런 몽자를 이길 도리는 없다.

나보다 좋은 건
없을 테니까!

♡

획! 획획!

몽자의 힘찬 발차기 소리.

오늘도 자기 냄새를 세상에 흩뿌리고 있다.

조그만 발바닥을 바닥에 사정없이 비벼대면서 말이다.

그 모습은 가히 위풍당당하며 자신감이 넘쳐난다.

온 세상에 날 뽐내고 싶어!

강아지 친구가 호기심 어린 얼굴로 다가오면 뒷다리를 번쩍 들어준다.

마치 자기 냄새를 과시라도 하려는 듯.

강아지에게 냄새는 곧 자신의 TMI를 드러내는 것인데,

몽자는 자신의 정보를 알리는 것에 조금의 거리낌도 없다.

누가 자길 어떻게 생각하든지 관심도 없다.

오로지 자신을 뽐내면서 만족할 뿐.

다들 어서 내 냄새를 맡으라고!

나보다 좋은 건 없을걸?

몽자는
참지 않아

· · · · · ·

몽자의 하루는 심플하다.

똥 싸고, 밥 먹고, 놀고, 다시 똥 싸고, 밥 먹고, 놀고.

그러다가 갑자기 우뚝, 멈춰버리는 순간이 있다.

어딘지 모를 한 곳을 멍하니 바라보다가 픽, 눕는다.

잔다.

퍼질러 잔다.

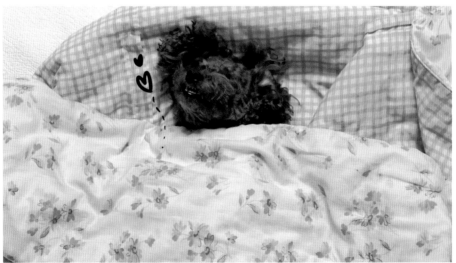

졸리면 다른 것은 다 내팽개치고 일단 자버린다.

이처럼 몽자의 행동은 항상 갑작스럽다.

놀다가 자고, 자다가 뛰쳐나가고, 먹다가 성질부리고.

집 밖에서 소란스러운 소리가 들려오면

퍼질러 자다가도 냅다 베란다로 뛰쳐나가서 왁왁 소리친다.

"야! 조용히 해!"

한마디 하고 유유히 방으로 돌아온 몽자는 어딘가 홀가분한 모습이다.

의식의 흐름대로 단순하게 살아가는 몽자.

그 단순함이 나는 왠지 부럽다.

집중!

나를 보라고!

엉덩이 너무 자주 흔드는 강아지

몽자의 엉덩이는 1년 365일 쉴 새 없이 흔들린다. 산책을 할 때도 씰룩씰룩, 인형을 가지고 놀 때도 씰룩씰룩, 기분 좋으면 또 씰룩씰룩. 그런 몽자 앞에 엉덩이를 흔드는 강아지 친구가 나타났다?!

119

몽자의 일기 7

| 2 월 18 일 화 요일 |
| 제목 : 기분이 들쑥날쑥 |

아	침	에		기	분	이		좋	았
다	가		다	시		나	빠	졌	다
.		기	분	이		좋	아	서	
엉	덩	이	춤	을		췄	는	데	,
	다	른		애	가		내		앞
에	서		춤	을		췄	다	.	
진	짜		어	이	가		없	는	
것		같	다	.		그		애	
냄	새	를		다		없	앨	거	야
.									

· · · · · ·
· · · · · ·

있잖니,
얘

부모님 집에 살고 있는 몽실이와 사이가 좋은 듯, 안 좋은 듯한 몽자.
부모님 집에 가면 몽실이가 하는 건 뭐든지 다 따라 하고 뺏으려고 한
다. 몽실이가 하는 건 다 좋아 보이는가봐? 근데 몽자야. 너 몽실 언니
따라가려면 한참 멀었어!

몽자의 일기 8

2 월 28 일 금요일	
제목 : 이런 몽실이 같으니!	

몽	실	이	가		있	는		곳	에
	갔	다	.		거	긴		내	가
	찜	한		집	이	다	.		왜
냐	하	면		먹	을		것	도	
많	고		재	밌	거	든	.		그
래	서		내		냄	새	를		뿌
렸	는	데		자	꾸		냄	새	가
	없	어	졌	다	.		이	런	
몽	실	이		같	으	니	!		어
떨	게		그	런		강	력	한	
냄	새	를		지	녔	지	?		

· · · · · ·

똥 쌀 때
진지한 강아지

신기한 냄새만 맡아도 헥헥, 새로운 길로 가면 또 헥헥! 언제나 즐겁
게 잘 웃는 우리 몽자. 하지만 똥 쌀 때, 그리고 똥꼬 닦을 때는 진지하
다 못해 사뭇 근엄해진다. 몽자에게 있어 똥은 최고의 냄새를 퍼트릴
수 있는 비장의 무기이자 한 번뿐인 소중한 기회이기 때문인 듯!

128

몽자의 일기 9

3 월 8 일 일요일

제목 : 황당한 똥

오	늘		저		인	간	이		나
한	테		집	에	서		똥	을	
싸	라	고		했	다	.		똥	은
	밖	에	서		싸	고		뒷	발
로		널	리		퍼	뜨	려	야	
재	미	있	지	!		따	분	하	고
	노	잼	인		우	리	집		인
간	.		너	도		밖	에	서	
똥		싸	!						

내가 몽자다!

여기 좀……별론데

같이 앉을래?

아┄┄┄이런┄┄┄!

또······똥 마려워.

몽자,
얼굴로 말해요!

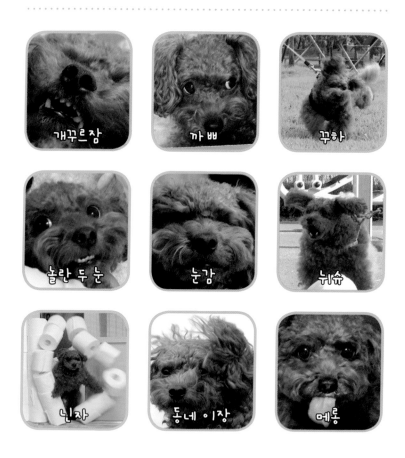

개꾸르잠

까 뻐

꾸하

놀란 두 눈

눈감

뉘슈

닌자

동네 이장

메롱

PART 4

몽자야,
함께 떠나자

빨리
떠나자

집, 근처 공원, 수백 번도 더 갔던 산책길.

늘 같은 장소에서 별다를 것 없는 생활을 하는 우리.

이런 일상이 삶의 전부인 줄 알고 살아가는 몽자에게

깜짝 놀랄만한 다른 세상을 보여주고 싶다는 생각이 들었다.

더 넓은 자연을 만나게 해주면 얼마나 좋아할까?

그래서 계획하게 된 한 달 간의 여행.

늘 꿈꾸기만 했던 아름다운 그곳, 제주도.

몽자야, 빨리 떠나자!

온 동네에 진동하는 시골 똥 냄새,

길 건너 바닷가의 시원한 파도 소리,

세 가족 함께하기 좁지도 넓지도 않은 앞마당까지!

우리에겐 무엇보다 완벽한 집이었다.

몽자도 같은 생각이었을까?

마치 브레이크가 고장 난 스포츠카처럼 몽자는 마당을 달리고 또 달렸다.

오길 정말 잘했어!

완벽한
시골 체질

· · · · · ·

브로콜리 밭, 파 밭, 비트 밭.

사방팔방 밭뿐인 이 시골 마을에서 몽자는 세상 제일 바쁘다.

얼굴 들어가는 곳엔 전부 고개를 쑥쑥 들이밀며 기웃거리는 건 기본이고,

대문 열려있는 남의 집에 들어가는 것도 서슴지 않는다.

평소 염탐을 즐기는 몽자에겐 너무나 재미있는 마을인 것!

146

이제 숙소로 돌아가야 하는데?

몽자의 눈치를 보기 시작한다.

돌아갈 생각은커녕, 자기만의 세상에 취해서 오로지 전진뿐이다.

어쩔 수 없이 우리는 총 4km로 펼쳐진 밭담길을 끝까지 가보기로 했다.

그리하여 시작된 약 두 시간가량의 산책은 정말 다이내믹함 그 자체!

갑자기 쏟아지는 폭우(우산 없음),

도무지 건널 수 없을 것 같은 물웅덩이(거의 계곡 수준),

밭에 사는 강아지 두 마리의 따가운 눈총까지!

수많은 변수에도 몽자는 절대 멈추지 않는다.

우리 모두 거지꼴이 됐지만, 몽자가 즐거웠다면 그걸로 됐다!

함께
여행한다는 것

· · · · · ·
✈

몽자도 기억할까?

우리 함께 맡았던 바람 냄새,

함께 걸었던 바닷길,

함께 웃었던 그 순간.

몽자와 함께한다는 것은 생각만큼 단순하지 않다.

맛있는 음식을 같이 즐길 수도 없고, 재미있는 드라마를 같이 볼 수도 없다.

반대로 몽자가 그토록 좋아하는 똥 냄새에 우리는 공감해줄 수 없고,

다른 강아지들의 똥꼬 냄새를 같이 맡을 수도 없다.

하지만 여행을 다니면서 왠지 몽자와 무엇이든 함께하는 기분이 들었다.
낯선 장소, 낯선 냄새를 같이 느끼며 적응해 나가고
새로운 재미를 같이 찾아다녔다.

몽자와 함께하는 그 기분은 언제나 우리의 마음을 벅차오르게 한다.
서로 느낀 것은 다를지라도 언제나 같은 방향으로 향하는 우리의 여행이
몽자의 마음속에 오래오래 남아있기를.

명 월 국 민 학 교

그만 좀 찍어!

견생(犬生)

참 덧없다······.

나 내리고 싶은데

늘은 말로 할 때 내려주지?

안녕, 육지 강아지

안녕, 육지사람

· · · · ·
· · · · ·

동네 이장
포스

제주 생활 한 달 차. 간섭쟁이 몽자는 동네 이장이 다 되었다. 동네에
사는 강아지들은 다 관리하고 다니고, 새로 만난 강아지들도 몽자의
레이더망에서 결코 벗어날 수 없었다. 근데 몽자야, 여기 우리 진짜 집
아니야! 적당히 해~~!

제주 생활 벌써 한 달째

오늘은 무슨 일이 있으려나~?

잰 또 누구야?

마을 이장 포스

너야말로 누구?

뭥미?

나? 이 동네 이장!

내가 이장인디?

어이없음

내가 이장이라면 이장인 줄 알아!

159

몽자의 일기 10

9 월 14 일 월요일	
제목 : 모르는 애들	

오	늘		제	주	에		사	는	
애	들		몇		명	을		체	크
했	다	.		말	똥		냄	새	
나	는		애	랑	,		풀		냄
새		나	는		애	,		그	리
고		처	음		보	는		애	들
	냄	새	를		맡	아	봤	다	.
	소	금		냄	새		나	는	
애	들	,		완	전		짜	!	
걔	네	도		내		무	리	로	
끼	워	줘	야		하	나	?		

·
·
·
·
·
·

황당 경험 1
겁쟁이 강아지와
타조의 만남

유난히도 날이 좋았던 어느 날. 몽자와 함께 떠난 남이섬에서 기다란 목과 우아한 걸음걸이를 지닌 귀여운 타조를 만났다. 하지만 겁쟁이 강아지 몽자는 그런 타조가 영 탐탁지 않은 모양이다. 신기해서 계속 쳐다보긴 하지만, 냄새를 조금 맡을 뿐 가까이 다가가지 않는다. 타조 냄새가 강력하긴 했어. 그렇지 몽자야?

몽자의 일기 11

6 월 17 일 수요일	
제목 : 오, 놀라워!	

오	늘		처	음		맡	아	본	
냄	새		때	문	에		정	말	
놀	랐	다	.		그	리	고		계
속		깜	짝		놀	랐	다	.	
타	조	가		거	기		땅		주
인	인		것		같	은	데	,	
내	가		땅	을		뺏	었	다	.
	근	데		아	직		다		못
	뺏	은		곳	도		있	어	.
	다	음	에		또		거	기	
갈		수		있	겠	지	?		

. . . .

황당 경험 2

계곡물 무서워서 도망치는 강아지

무더위를 피해 찾은 계곡. 산에서 솔솔 불어오는 산들바람도 시원하고, 차가운 물에 발까지 담그니 기분이 아주 끝내줬다. 몽자도 새로운 곳에 오니 호기심이 발동했는지 자기 나름대로 계곡을 즐겨보는데!

몽자의 일기 12

7 **월** 17 **일** 금요일
제목 : 물 먹기 싫은 날

오	늘		인	간	이		엄	청	나
게		큰		물	속	에		들	어
갔	다	.		나	도		따	라	
가	봤	는	데		진	짜		기	분
이		안		좋	았	다	.		물
	먹	으	러		왜		거	기	까
지		들	어	갔	는	지		모	르
겠	다	.		물		다	신		안
	먹	어	!						

냄새 좋다!
풀 냄새, 바람 냄새,
그리고 우리 냄새⋯⋯!

가게

love you!

네 무릎은 항상 내 자리!

오 마이 갓! 여긴 싫어

몽자's TIP!

당신이 꼭 알아야 하는 반려견과 제주 한 달 살기 노하우

. . . .

비행기

제주도에 가기 위해서는 비행기를 먼저 알아봐야 하겠죠? 인터넷으로 비행기 시간을 알아보고 고객센터에 전화해서 강아지 탑승 가능 여부를 확인했어요. 항공기마다 탑승할 수 있는 반려동물의 수가 정해져 있어서 전화로 꼭 확인해야 한답니다.

반려견의 비행기 탑승은 기내 탑승과 수화물 탑승으로 나눌 수 있어요. 케이지 무게 포함 7kg 미만의 반려견은 기내에 탑승할 수 있고, 7kg 이상의 중대형견은 수화물 탑승을 해야만 해요. 몽자의 경우 케이지 포함 5.8kg으로 같이 기내 탑승을 할 수 있었어요. 케이지의 사이즈도 항공사마다 규정이 있으니 반드시 확인한 후에 준비하는 게 좋겠죠?

모든 것을 다 확인한 후 비행기 예약까지 완료했다면, 이제 남은 것은 진짜 비행기를 타는 일뿐! 우선 탑승 전에 항공사 카운터에서 운송 서약서를 작성해야 합니다. 그리고 케이지에 반려견을 넣고 무게를 측정한 뒤 강아지 탑승 비용 2만 원을 결제하면 됩니다. 비행기 탑승 후에는 케이지를 발밑에 두어야 해요. 여행 가기 전 케이지에서 얌전히 있는 적응 훈련을 한다면 더욱더 편안하고 안락한 여행을 할 수 있을 거예요.

☞ 간혹 반려동물 탑승이 불가한 항공사가 있어 반드시 비행기를 예약하기 전에 확인해야 합니다.

숙소

마당이 딸린 단독주택, 집 근처 마트가 있을 것, 바닷가 근처 조용한 동네일 것. 원하는 기준을 세부적으로 정하다보니 처음에는 딱 맞는 집을 찾기가 어려웠어요. 마음에 든다 싶으면 강아지 동반이 불가능하거나 가격이 너무 비쌌죠.

그래서 강아지 동반이 가능한 숙소들을 전부 찾아보고 그 중 마음에 드는 집을 고른 뒤 최종적으로 동네나 환경 등 다른 여건까지 알맞은 곳을 선택했지요. 저희는 관광보다는 휴식이 목적이었기 때문에 한 달 동안 한곳에 머물

렀지만, 제주도 전체를 둘러보고 싶은 분들이라면 일주일 또는 보름으로 기간을 나눠서 서쪽과 동쪽에 따라 숙소를 잡는 것을 추천 드립니다.

이동수단

집에서는 늘 자동차로 이동했기 때문에 제주도에서 차를 이용하기 위해 처음에는 렌터카를 알아보았어요. 그런데 한 달 정도 차를 렌트하는 비용이 만만치 않았고, 강아지 탑승 자체가 금지된 업체도 많았기에 저희는 자동차를 아예 제주도로 가져가기로 했어요.

탁송업체에 예약을 하면 제주도 출발 전날 업체에서 자동차를 인수해가요. 그러면 제주도에 도착해 우리 차를 다시 인계받을 수 있지요. 돌아갈 때도 마찬가지로 공항에서 차를 주고, 다음 날 집까지 차를 가져다주었답니다. 비용은 자동차 한 달 렌트 비용과 비슷한 수준이었는데, 평소 타고 다니던 자동차에 우리 짐을 가득 실어서 왔다 갔다 할 수 있다는 점이 좋았어요.

식사

제주도를 탐방하기 전 우리는 숙소에서 몽자와 함께 갈 수 있는 식당을 미리 찾아본 뒤 움직였어요. 야외 테이블이 있는 곳은 거의 다 강아지 동반이 가능했고, 야외 테이블이 없더라도 케이지에 반려견을 넣으면 입장이 가능한 곳도 많아서 큰 어려움은 없었어요.

만약 원하는 목적지에 마땅한 식당이 검색되지 않는다면 숙소에서 미리 밥을 먹고 해당 관광지에서는 간단히 간식을 사 먹었어요. 몽자가 먹을 도시락은 항상 챙겨 다녔고요. 다행스럽게도 제주도에는 포장이 가능한 맛집도 많이 있어서 꼭 식당에서 먹지 않아도 맛있는 음식을 포장해 즐길 수 있었답니다.

기타 준비물

짧은 여행이 아니라 한 달간의 긴 여행이었기 때문에 장난감과 담요, 목욕용품 등 몽자가 일상생활에서 사용하는 물건들을 거의 그대로 챙겨야 했어요. 음식도 기존에 먹던 사료와 영양제 한 달 분을 미리 준비해 아이스박스에 담아 가지고 왔고요. 환경은 바뀌지만, 평소 쓰던 물건들은 최대한 변화를 주지 않아 몽자가 제주도에서 쉽게 적응할 수 있도록 노력했답니다. 그 밖에 비상 상황을 대비해 강아지 연고와 체온계, 해충 스프레이 등의 구급약도 꼭 챙기는 것이 좋아요.

PART 5

고마워
곁에 있어줘서

안 지켜줘도
되는데

모두가 잠든 시각,

온 집안을 샅샅이 점검하는 몽자.

작은 변화까지 알아내기 위해 연신 코를 킁킁대기 바쁘다.

으르렁, 으르렁!

너 뭐야!

못 보던 물건이 바닥에 있던 모양.

한낱 사료 포대에도 몽자는 경계태세를 갖춘다.

큰소리를 내며 센 척하지만 가까이 가지 못하는 만년 겁쟁이.

그런데도 집을 지키기 위해, 나를 지키기 위해 최선을 다한다.

나의 작은 행동마저도 허투루 넘기는 법이 없다.

잠깐 물을 마시러 가도,

잠깐 방에 뭐 가지러 가도,

내 행동에 따라 몽자의 눈도 함께 움직인다.

무언가에 집중하다가 뒤를 보면 어김없이 몽자가 있다.

그렇게 몽자는 항상 내 곁에 머문다.

늘 최선을 다해 우리의 보금자리를 지켜준다.

그러지 않아도 되는데, 몽자는 매일매일 열심이다.

짓밟혀도
고마워

· · · · ·

🐾

으억!

공놀이로 신난 몽자가 나를 밟고 지나갔다.

실수로 한 번쯤? 아니다.

언제나 자연스럽고 당당하게 내 등을 사정없이 밟고 다닌다.

막무가내에다가 제멋대로 왈가닥인 몽자.

그런 몽자에게 나는 항상 이렇게 말한다.

"고마워!"

몽자는 그냥 쳐다봤을 뿐인데,
밥 먹고 똥을 쌌을 뿐인데,
그저 졸음이 쏟아져 잤을 뿐인데,
그 모습을 본 나는 왜 고맙다는 말이 튀어나오는 걸까?

매일 아침 내 귀에 대고 으르렁대며 귀찮게 잠을 깨우고,

시도 때도 없이 내가 하는 일을 방해하며,

부르면 뺀질뺀질 말도 잘 안 듣는 너!

그래도,

무조건,

고맙다!

언제나
함께해

터벅터벅 걸어오는 갈색 솜뭉치.

내 겨드랑이에 무심하게 얼굴을 툭 대고 눕는다.

내 품에 안겨 꼬순내를 풀풀 풍기며 자는 몽자를 보고 있으면

나는 세상에서 부러울 게 하나 없는 사람이 된다.

커억……칵!

깊은 잠에 빠진 몽자가 아저씨처럼 코를 곤다.
음냠냠냠, 무언가를 맛있게 먹는다.
팔다리를 열심히 흔들며 어딘가로 뛰어간다.

참 시끄럽고 부산스러운 잠버릇을 지녔지만,

몽자의 자는 모습은 나에게 그저 행복이다.

존재만으로 참 많은 것을 주는 몽자.

우리 언제나 함께하자.

행복하자.

딱 지금처럼!

너 시간 있니

역시 네 품이 최고다!

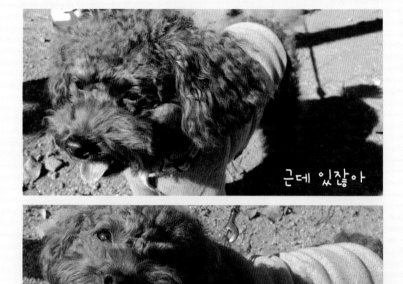

야, 빨리 와!
저기에 기가 막힌 똥이 있다고!

......

회사 간 척
강아지 속이고
박스 안에 숨어있기

평소와 다름없는 하루를 보내고 있는 몽자. 아침 산책을 다녀와서 아무런 의심 없이 간식을 즐긴다. 아침에 밖에 나가면 밤에나 돌아오는 인간이 박스 안에 들어있을 줄 누가 알았겠어?

며칠 전부터 집에 놔둔 박스

몽자가 산책 간 틈에 들어가보자!

빨리 ㄱㄱㄱ 몽자 올라!

야르~

집이다, 집!

몽자야, 간식 먹어!

먹어?

의심없이 간식 즐김ㅋㅋ

199

몽자의 일기 13

12 **월** 1 **일 일요일**	
제목 : 무서운 박스	

오	늘		박	스	가		우	리	
집		인	간	을		삼	켰	다	.
다	행	히		내	가		발	견	해
서		구	했	다	.		나		아
니	었	으	면		어	쩔		뻔	했
어	?		근	데		좀		무	섭
다	.		저		박	스		나	도
	삼	킬	까	?					

TV에
주인이 나왔을 때
강아지 반응

몽자는 TV에 강아지나 다른 동물이 나오면 항상 경계태세를 갖춘다.
왜 우리 집에 침입했냐며 왕왕! 그런데 그 TV에 아빠가 나와서 몽자
를 애타게 부른다! 몽자는 아빠를 알아볼 수 있을까?

몽자의 일기 14

8 월 19일 수요일

제목 : 머리 복잡한 날

오늘 계속 날 부르는 소리가 났다. 그 인간이 부른 거 같은데? 소리만 나고 냄새는 없고 있었다가 없어졌다. 원래 이상한 사람인 건 알았지만 오늘이 최고로 이상하다.

강아지 앞에서 폰만 봤을 때 생기는 일

조금 확인할 게 있어서 핸드폰을 꺼냈는데, 몽자가 또 앞에 와서 알짱거린다. 그러고는 핸드폰을 노려보며 엄청난 방해공작을 펼친다! 그래~ 몽자 입장에선 허구한 날 이 네모난 것만 들여다보는 인간들이 이해 안 될 만도 하겠지……?

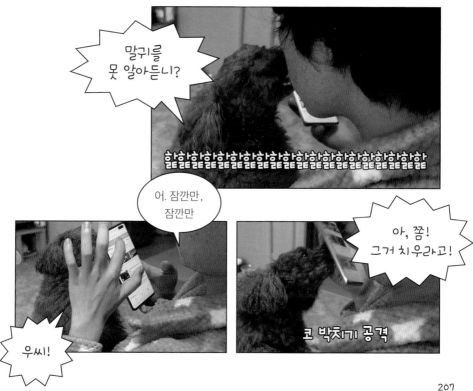

몽자의 일기 15

10 월 12 일 월요일	
제목 : 심심한 게 제일 싫어	

오	늘		무	진	장		심	심	했
다	.		심	심	해	서		인	간
한	테		시	비	를		걸	었	다
.		시	비	를		걸	면		먹
을		걸		준	다	.		근	데
	오	늘	은		좀		늦	게	
줬	다	.		하	여	튼		느	려
터	진		인	간	!				

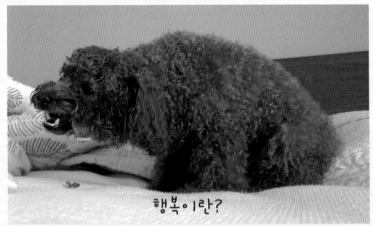

행복이란?

목욕 후 먹는 간식 같은 것!

기분 째짐

아, 맛없어 또!

장난하니?

몽자의 마무리 일기

11 **월** 11 **일 수요일**	
제목 : 속삭이는 몽자	

이		집	에		온		지		벌
써		4	년	이		지	났	다	.
	처	음	에	는		모	든		게
	마	음	에		안		들	고	,
	언	짢	은		것		천	지	였
지	만		이	제	는		괜	찮	다
.		날		예	뻐	하	는		인
간	들	이		매	우		많	기	
때	문	이	다	.		그		인	간
들	은		내	가		똥	만		싸
도		손	뼉	을		치	고	,	

매	일		맛	있	는			것	을	
대	령	하	면	서		내		기	분	
을		잘		맛	춰	준	다	.		
가	끔	은		정	말		이	해	되	
지		않	는		행	동	을		보	
이	지	만	,		좀		웃	기	기	
도		하	고		재	미	있	다	.	
	이		집	에		온		뒤		
하	루	하	루	가		즐	겁	고		
행	복	해	서		지	금		내		
기	분	을		세	상		모	두	에	
게		뿜	내	고		싶	다	.		
그	러	니	까		오	늘	도		열	
심	히		속	삭	여	야	지	!		
나		정	말		행	복	해	!		

ⓒ 속삭이는 몽자 2020

초판 1쇄 발행 2020년 11월 11일
초판 3쇄 발행 2020년 12월 2일

지은이 몽자네 가족
펴낸이 박성인

기획편집 강하나   **디자인** 데시그 호예원
사진 studio jane 최재인

펴낸곳 허들링북스
출판등록 2020년 3월 27일 제2020-000036호
주소 서울시 강서구 공항대로 219, 3층 309-1호(마곡동, 센테니아)
전화 02-2668-9692   **팩스** 02-2668-9693
이메일 contents@huddlingbooks.com

ISBN 979-11-970301-7-8(03810)